단단한 길

단단한 길

박현 시집

좋은땅

- 단단하고 거친 마음의 길

나는 언제나 곧은길을 반복해 걸었지만
마음이 움직이는 길은 달랐다
마음은 늘 단단하고 거친 길을 찾았다
마음의 시간은 어떻게 흘러가는지
물속의 별은 어떻게 빛나는지 몰랐다
구름 같은 마음의 길을 걷는 동안
넓은 들판에서 생각이 들꽃처럼 피어났다
어느새 그 길이 더 단단해졌다

나에게 길이란 무엇인가?
그것은 삶이고 사랑하는 일이고 쓰는 일이다
나의 자전적 시들이 어떻게 읽힐지 모르겠다
한 가지 욕망으로 시집을 내어 놓지만
부끄러운 문장들은 고치지 못했다
나는 아직도 황무지 같은 이 길이 좋다
거기서 하늘의 별 하나 깜빡이며
내 마음 흔들었으면

2024년 6월, 박현

차례

자서(自序)

1부

2부

3부

4부

5부

1부

나는 살 수도 있다. 그런데 살지 않는다. (카프카)
나에게 배당된 대부분의 시간 속에서 내가 진정으로
원하는 시간은 너무도 부족했다. 나의 시들은 삶의 반경(半徑),
직장과 집을 오가는 껍데기 같은 일상을 넘어서지 못했다.

황폐한 대지의 연가1

내 영혼의 껍데기 어둠에 묻혀
그 어둠으로 그대 사랑하려 하네
내가 슬픔을 느낄 때
그대는 이미 슬픔의 강에 잠겨 있었고
하얀 먼지를 뒤집어 쓴 한 그루 나무처럼
이미 흔들린 채 서 있었네
내 어린 열정과 정신은
나의 육체를 사랑하지 못하는 까닭에
이렇게 사랑은 병들어 가고
아, 나는 미치광이가 되어야겠네
내 영혼의 껍데기 어둠에 묻혀
그 어둠으로 그대 사랑하려 하네
빛으로써만 그대 바라볼 수 있을 때까지

황폐한 대지의 연가2

너를 생각할 때면
왜 하늘 가득 구름인지
저기 먹장구름 밑으로
사랑이 지나고 있을까
헛된 욕망을 감싸고도는
어떤 무거운 기류
그 기류가 먹물 같은 힘으로 흘러
내 일상의 자취들을
사라지게 할지 모른다
너를 사랑할 때면
왜 마음은 가득 슬픔인지
저기 먹장구름 밑으로
사랑이 꿈틀거리고 있을까

황폐한 대지의 연가3

내 사랑아 지금
나는 연명하고 있지 않은가
햇살에 부서질 듯 흔들리는 은빛 갈대들
반짝거리는 수면아
나는 흔들리고 있지 않은가
아름다운가 몸살 같은 흔들거림이
하늘 아래 여린 것들도
희끗희끗 눈부신 삶을 이어 가는데
바람처럼 안개처럼
무딘 감각만 겨우 숨 쉬게 하고
나는 잠들고 있지 않은가
텅 빈 대공 속에
가쁜 숨을 몰아넣으며
이렇게 흔들리고 있지 않은가

광화문연가1

저물 무렵, 수전노 같은 거리여
간판에 달린 둥근 전구 활활 타오르고
퇴근길 가두에 서서
그대는 석간신문의 머리기사를 읽는다
어둑해진 지하철 입구엔 사람들 몰려 있고
지하도에는 전단을 쥐어 주는 얼굴 없는
여인들, 복권을 파는 남자와 눈먼 걸인이 산다
여기 버스정류장 주변을 서성거리던
비둘기 떼 육교 위로 날아가고
가두 복제 음반점 스피커를 울리는
귀에 익은 유행가처럼
가벼운 것들 모두 사라져 버릴 때
그대에게 안식 있을까
아, 여기 영원히 잠들 수는 없는지
이 쌀쌀한 거리를 찾은 배낭족들
싸구려 일박(一泊)을 위해 기웃거리고
뉴스전광판 문자들이 낯설게 느껴질 때
쉽게 밀려와 그대 잠재우고 가던 어둠도
끝내 밀려오지 않는다

광화문연가2

계절이 깊어 갈 때에도 너는
노란 잎들을 햇빛 속에 띄우고 있었지
보도블록 밑 엉켜 있는 잔뿌리의 힘을 모아
네가 할 수 있는 최선을 다해,
이제는 아무것도 할 수 없는 것 모양
거리에 서서 넌 헐벗었구나
희망이 있니? 나무야
사람들은 낙엽을 밟으며 가고 오고
또다시 가을이면 노란 잎들
머리 위에 뿌려 주리라 생각하지만
해가 지날수록 무거운 이파리들
수북이 더 쌓여 갈 뿐
죽음도 꿈도 없는 하강(下降)에
지치지는 않았는지
나는 알고 있지, 이맘때면 창공 속으로
노란 잎들을 날려 보내기 위해
너의 온몸이 얼마나 떨리고 있는지

어느 마네킹과의 사랑1

나른해지는 거리, 너와 함께 좀 걸어야겠다
푸른 잎 틔우는 나무 사이를 지나 산책이라도 해야지
연두색 원피스에 긴 머리 찰랑거리면
분홍색 리본도 흔들리고
눈도 깜박여 봐야지 이 거리 사람들은 모두 안녕하신지
거리를 걸으면 나는 행복해지지
너는 키가 커서 나란히 걸어갈 순 없지만
뒤를 쫓아가는 것도 싫진 않을 거야 다리가 아파 오면
유리문 너머 사람들을 바라보면서 커피도 마시고
비둘기 떼 찾아와 서성거릴 때까지 거리를 배회하겠지
기지개 켜듯 쭉 뻗는 햇살 맞으며
오후엔 좀 걸어야겠다

어느 마네킹과의 사랑2

꽃가루 같은 웃음은 쇼윈도 반짝이는 햇살 너머
훅훅 뿌려지고 넌 화려한 의상을 걸친 채
이 거리 사람들처럼 행복했지
해 질 녘이면 강렬한 백열조명이 머리 위를 비추고
널 닮은 여자들이 밤새 너를 단장하기도 했어
그 부산함이 싫진 않았지
사람들은 너의 웃음을 웃었고
다투어 네가 입고 있는 옷을 사려고 했지
짧은 세월이 흐르고 숨이 탁탁 막히는 세일 기간도 지나
더 이상 네가 걸친 옷들을 팔 수 없었을 때
너는 갑자기 외로워졌지,
퀴퀴한 지하상가 매장에서 다시 만났을 때
철 지난 옷을 걸친 채 넌 초라했지
매각되기 전 창고에서 먼지 밥을 먹었는지도 모르지
경매에 팔린 머리와 몸통이 뒤엉겨
아무렇게나 트럭에 실리고
이제 슬픈 표정으로 재고를 팔고 있는 거야
너는 늘 사람들이 그리웠지만
사람들은 바쁘게 지나쳐 버리지,
사람들은 제값에 옷을 팔지 못했을 때 너를 떠나갔지만

지금은 머리 없는 잘난 마네킹들이 뽐내는 거리
처음 만날 때부터 너의 하얀 웃음이 좋았지
좋았을 뿐이야, 너를 사랑하는지도 모르지
너는 내게 늘 대답할 듯 서 있고
때로 네가 말할 수 없다는 것을 잊게 하지
아침이면 넌 간밤 나를 기다린 듯 서 있고
내게 안기려 하네 너는 재고를 팔기 위해 거기 서 있지만
날마다 값싼 사랑을 팔고 있는 거지

대조시장

바람이 부나요
정육점 앞 발린 고기 뼈다귀들 흩어질 듯
허옇게 바람이 부나요
철문 내린 금은방 앞으로
김장 쓰레기더미 쌓이고
아직 어둠은 내리지 않아요
바람이 불고 있나요
검은 전선들 엉켜 우는 흐린 하늘 밑
고무장화에 누비바지 아주머니
삶은 그대 얼굴에 검붉은 기미
늙은 상처 자국처럼 그렇게 역경인가요

무슨 꿈을 꾸고 있나요
대팻날 같은 바람 머리 위로 불고
이제 고단한 파장머리
어둠은 비로소 거뭇거뭇 내리고
늦장 나선 사람들 쫓기듯 종종걸음 치는데
그대 무슨 고단한 꿈인가요
국방색 전대 뒤로 두 손 빗장 지르고
발 동동 구르시던 추운 한낮

퇴근길 시래기 같은 사람들 지날 때에도

아예 꿈이란 없으셨지요

이 시대의 풍속

후미진 지하도 구석 웅크린 채
당신은 무슨 발자국 소리를 듣고 서 있나요
한낮 흔들리는 지하철에서
당신은 하모니카를 불고 있었지요
동전 바구니를 감싸 안고
악기를 입에 문 채
당신은 성자(聖者)처럼 걸어왔어요
사람들은 앉아서 그 소리를 들으며
더러는 옅은 잠을 잤지요
누군가 동전 몇 닢을 떨어뜨릴 때에도
당신은 하모니카를 불고 있었지요
여기, 맹인의 나라
눈먼 걸인과 그 아이들이 살고
지하도에는 발자국 소리 같은 바람이 불지요

해후를 위하여

- 구두를 짓는다

너의 구두를 짓는다
맑은 햇살 촘촘히 받으며
아직 길들여지지 않은 가죽을 두드려
자르고 잘라
둥글리고 마주 대고 붙이고
구두를 짓는다 너의 발 냄새가 그리워
선 솜씨에 꿰매기도 더디지만
손을 잦추어
구두를 다 짓고 나면
너를 만나러 가리라
너의 조그만 발바닥을 생각하면서

해후를 위하여
- 어느 이발사의 사랑

삶은 늘 덥수룩했지
머리를 깎는다 너는 아름다운 장발이었지
내가 이발사가 되기 전까지
너는 곱슬머리에다 숱이 많아
짧게 잘라야 해, 너의 머리를 깎는다
하얀 보 겹으로 두르고
긴 머리 쓸어 올려 뭉텅 자르고
굵은 빗 고운 빗 번갈아 들며
사각사각 가위 소리에 꿈이라도 꾸려무나
어릴 때 머리 깎던 철도변 이발소
문밖으로 버드나무 몇 그루 서 있었고
스펀지가 보이는 엉성한 의자들
흐릿한 거울 앞에는 고물 라디오가 울었고
신문지를 썰어 만든 휴지 묶음
비누 거품통과 짤막한 솔
그때 가래 끓던 늙은 이발사는
생애 마지막으로 머리를 깎는 것처럼 공을 들였지
자, 이제 머리를 조금만 젖혀야지
거울에 비친 잠든 얼굴 힐끗힐끗 보면서
뒷머리 옆머리 다듬어야지

이발은 기술이 아니야, 그것은 통속적인 예술이지
열정이 없이는 누구든 돋보이게 할 수 없어
너는 아름다운 장발이었지
내가 이발사가 되기 전까지

해후를 위하여

- 꽃 파는 여자

붐비는 버스 터미널 옆 공터
햇살은 따뜻했지요 수건 같은 모자를 쓰고
당신은 꽃을 팔고 있었지요
플라스틱 통마다 장미꽃이 피었지요
화장기 진한 여자들 길목에서 머뭇거리고
장미꽃 몇 송이 햇살 속으로 들추어냈지요
가위로 줄기 잎들을 훑고
안개꽃을 섞어 다발을 만들었지요
어릴 적 논가 깔때기 모양 질경이 꽃
한 움큼 꺾어 줄기를 훑어 내려
꽃다발을 만들어 주던 당신
붐비는 터미널 근처 노점에서
당신은 꽃을 팔고 있었지요

해후를 위하여
- 비 오는 날

비 오는 날 지하도 층계참에 앉아
우산을 고친다 구부러진 살 펴고
찢어진 천을 잡아 꿰맨다
천막 같은 하늘 속에서
굽 높은 구두를 신은 채 어떤 여자가
우산을 들고 후드득 지나간다
계단을 내려오는 장대비 같은 발길들
사람들은 우산을 접으며 어깨를 턴다
비 오는 날 붐비는 지하도 구석에 앉아
네가 버리고 간 우산을 고친다
살이 구부러져 뒤엉켜 버린
마치 너의 삶처럼 엉망인 듯한
검은 우산을 활짝 펴 본다

비눗방울

햇살이 웃음처럼 내리는 날
맑은 입김들이 비눗방울을 띄우고 있다
그것은 비눗물이었지만
누군가 막대로 휘저어 불어
비눗방울이 된다 오색의 빛깔로
둥둥 떠다니다가 푹 꺼진다
무엇이 그것조차 견딜 수 없게 하는지
거품도 연기도 아니지만
별로 굳세지도 않은 것
아, 신(神)의 입김은 얼마나 강하기에
인간은 이렇게 오래도록
버틸 수 있는지

팽이

아무도 없는 곳에서
팽이를 돌린다
너는 나무토막이었지만
채로 휘감아 돌려
아름다운 무늬가 되고
힘 있는 사랑이 된다
돌고 돌수록 단단해지는
너의 사랑
이제 숨을 멈추고
움직이지 않는다

사랑은 죽었다

사랑은 죽었다 내가

너에게 사랑한다고 말했을 때

그때 사랑은 죽었다

너의 손을 잡고

석양이 지는 하늘을 바라보며

나는 감추고 싶었던 말을 하고 말았다

너는 웃으며 떠나갔고

사랑의 주검 위에

붉은 눈물이 뿌려졌다

말없이 사랑했던 시간은 길고 지루했다

너를 처음 만났을 때

너를 사랑했고

이제 사랑은 죽었다

아무도 죽은 것을 추모하기 위해

검은 리본을 매지 않는다

사랑을 장사 지내고

가슴에 묻어 두는 자여

사랑은 언제나 추억보다 먼저 죽는다

사랑, 감염되기 쉬운

사랑은 감염되기 쉬워
만지기만 해도 붉게 돋는
두드러기처럼 온몸으로 번진다
애초, 그것은 가려움에 지나지 않았지
충분히 견딜 수 있는
아픔도 없는 것
살갗에 일어나는 가벼운 파문처럼
지나면 허물로 남아 잊힐
그런 그리움이었지
한두 번 긁기 시작하면서
그것은 깨알 같은 물집을 허물면서
손이 닿는 곳으로 번져 나갔지
사랑은 요즈음 감염되기 쉬워
만지기만 해도 붉게 돋는 두드러기처럼
나의 의지를 배반한다

껍데기의 집

내 집은 언덕 위에 있다 오늘 그 집에 문패를 달았다, 껍
데기의 집, 나는 오랫동안 집이 없었다 몇 해 전부터 나는
세상에서 가장 아름다운 집을 짓기 시작했다 푸른 바람 도
는 곳에 창을 내었다 둥근 지붕을 씌우고 탱자나무로 담을
치고 정원에는 장미꽃을 심었다 하얀 나비들이 춤추는 그
집을 나는 사랑했다 언제부터인가 집을 자주 비우게 되었
고 한참 동안 집을 떠나 있다가 되돌아오곤 했다 어느 날
나는 껍데기를 남겨 두고 집을 떠나 버렸다, 껍데기의 집,
내 육체가 사는 곳, 나는 이제 그 집에 살지 않는다

길 위에서

길이 있었다 그 길 위로 아무도 오지 않는다 누군가 그 길을 앞서서 가고 있을 뿐 마주 오지 않는다 때로 밝은 햇살 묻은 사람과 부딪히고 싶지만 내가 보는 것은 그의 쓸쓸한 후미(後尾)일 뿐 뒤돌아볼 수도 없다 누군가 등 뒤에서 날 불러도 대답하지 못한다 단지 그 무수한 발자국 소리를 들을 뿐 때로 멈추고 싶다 앞서 가는 사람의 그림자를 따라잡고 고단한 길 위에서 쉬고도 싶다 난 혼자서 내 오랜 독백에 빠르고 신나는 곡조를 붙였다 길이 있었다 그 길을 걸었고 나는 아무도 만나지 못했다

분수

분수는 더 이상 물을 뿜지 않는다
가늘고 긴 쇠파이프들 바닥에 엉킨 채
스스로 구멍들을 닫고 누워 있는지
바람 불어도 햇살이 내려도
비둘기 떼 몰려와도 분수는 말이 없다
지난여름 물을 뿜던 그 열정으로
이제 백색 포말들을 노래하지 않는다
아이들 재잘거리던 소리도 없고
연인들도 서서히 발길을 끊을 것이다
사람들은 분수를 철거할지도 모른다
스스로 굽은 사지를 움츠린 채
가끔씩 푸른 하늘을 그리워하지만
더위에 지친 헐떡거리는 숨결로는
하늘에 닿을 수 없는 역류에 지쳤는지
분수는 더 이상 물을 뿜지 않는다

파리와 인간

방에 파리가 영 나가질 않아
약국에서 끈끈이를 사다가 매달아 놓았더니
새까맣다, 끈끈이주걱이라는 이름을 가진 풀은
잎으로 점액을 뿌려 풀벌레를 잡는다고 한다
끈끈이에 달라붙은 파리의 시체를 보면서
파리는 인간과 붙어살아도
인간은 파리와 같이 살 수 없다고 생각한다
파리는 인간 세상을 날아다니며
방바닥이며 밥상이며 성가시게 내려앉지만
인간은 파리를 잡기 위해
끈끈이를 매달아 두기도 하고
구더기에 약을 뿌리고 향을 피운다
파리채를 휘두르시던 어머니
어머니는 반쯤 죽은 파리는 한 번 더 때리셨다
도시락 반찬 속의 파리들
부엌 찬장 구석 소복한 파리들
나는 어릴 때 죽은 파리를 너무나 많이 보았다
쉬파리가 들어오면 무서워하던 동생
나는 파리는 인간 속에 살아도
인간은 파리와 같이 살 수 없다고 생각한다

나의 피라밋

나의 피라밋을 그리워한다
나는 이 시대 가장 우둔한 샐러리맨 혈통
조상은 고대 이집트 피라밋
그 거대한 봉분에 묻힌 왕이 아니었다
오래되었다 멀리서 피라밋을 바라보며
왕 같은 죽음을 꿈꾸어 온 것이
사막을 건널 용기도 없이 돌 하나 쌓지 못하고
거대한 무덤을 그리워하다 떠날지 모른다
왕비의 시중이라도 든다면
왕은 내게 피라밋의 어두운 방 한 칸을
선사할지도 모르겠지만 단지 스스로 쌓는
나의 피라밋을 그리워할 뿐이다
돌을 깨고 다듬고 지렛대로 나르는 사람들
나의 피라밋은 내 가슴속에만 있다

퇴근길

사람과 사람의 물길이
서로 부딪히며 흘러가는 역사
지하철 갈아타는 곳에서
덤핑으로 넥타이를 팔던 사내
오늘은 그가 티셔츠를 팔고 있다
이리저리 보따리를 벌여 놓고
손뼉 치고 소리를 지른다
언젠가 지하철 막차를 갈아타려다
가방에 재고를 추려 넣는 사내와 마주쳐
그가 요리조리 급히 골라 주던
꽃무늬 넥타이를 하나 샀을 뿐인데
그때 우리는 아무런 말도 못 했지만
나는 곧 그 사내가 그리워졌다

내가 동경하는 사람

집으로 가는 길모퉁이엔
내가 동경하는 사람이 있다
언제나 넓은 등을 구부린 채
유리문 안에서 옷을 만지고 있는 것을 보면
나도 늙어 세탁소 주인이 되고 싶다
긴 탁자 위에 주름진 옷들을 벌여 놓고
증기를 품어 다리미 밀고
꼬리표를 달아 선반 위에 얹는다
소매를 걷어붙인 채 부산하게 움직이는
그의 굵은 팔을 바라보면서
나의 주름진 삶을 맡기고 싶어진다

어떤 독서

나는 오늘 삶을 읽다가
몽땅 잊어버렸다 지금까지는
나를 읽을 수 없었다 글자는 난해하고
문장은 불가해했으므로
두꺼운 삶의 표지
그것을 찢고 싶었다
삽화도 없이 지루한 삶의 페이지
그것을 고치고 싶었다
나는 경전처럼 삶을 읽어 가다가
송두리째 잊어버렸다

2부

서른 살이 되면서부터 궤도를 벗어나기 시작했다.
삶의 진공 속에서 능선처럼 찾아온 사랑,
행복은 내가 그토록 갈망했던 바, 나 자신을 잊게 했다.

귀먹은 집

너는 귀먹은 집
오랫동안 빈집을 혼자 지키며
내 안에 살고 있는 영혼
너는 빗장도 없이 닫혀 있고
나는 문을 두드리네
너는 눈먼 꿈
그대 눈동자 속에 깊은 동굴을 파고
그 사람 숨어버렸지만
못난 사랑
영영 떠나 버렸네

내 사랑 바퀴

내 집에는 한 마리 바퀴가 산다
나는 그녀와 오래전부터 동거하고 싶었다
구멍 속 저편 좁은 통로를 따라
따뜻하고 어두운 그녀의 방 한 칸
언제나 안식 같은 습기가 배어 흐르는 곳
나는 어쩐지 그곳으로 돌아가야 할 것 같다
지금 내 사랑 바퀴는 외출 중이다
그녀는 밤마다 황갈색 옷으로 치장하고
반짝반짝 먼지 묻은 몸으로 모서리를 돌아
번화한 거리거리 곰팡내를 뿌린다
마침내 찾아낸 먼 밥알 하나 더듬이로 느끼며
지금쯤 행복해할 그녀에게 다가가

불쑥 내 사랑을 고백하고 싶다
내 사랑 바퀴, 그녀가 기어 다니는 통로 끝
미끼를 피해 돌아올 틈새 속으로
몸을 비스듬히 누인 채 그녀를 기다리고 싶다
좁고 어두운 통로를 따라 그녀가 사는 곳
바퀴의 집에 내가 산다

거미의 집

하늘은 푸른 무덤
몸 끝에서 뽑아낸 줄로 집을 짓고
시리도록 공중을 쳐다보면서
나는 누워 있다
천상(天上)의 집은 아름답지만
먹이는 잡히지 않는다
눈 부시고 배가 고프다
아무것도 붙잡지 못하는
내 허약한 집
너무도 탄탄하여 출렁거리는 햇살인가
더 이상 짜낼 수 없는 텅비임
거미줄에 걸린 몸
마지막 호흡으로 날아라

사랑니

잇몸 속에 묻힌 이가 아프다
부러지지도 썩지도 않은 멀쩡한 사랑니가
뽑아내고 싶을 만큼 미워진다
밖으로는 더 내밀지 못하는 사랑인 채
항상 아프고 쓰라린 존재로
입속 맨 구석 자리 말없이 앉아 있는 그녀
아프지만 혼자서 참아 내는 마음
오늘은 그대 어린 투정이 나를 아프게 하는데
이따금 진통으로 찾아오지만
잇몸 살조차 찢어 내지 못하고 숨어 버리던
착한 그녀가 문득 보고 싶어진다

장밋빛 인생1

참을 수 없었네 막연한 그리움
거리의 사람들 황혼을 기웃거리며 지나가고
육교 너머 차들은 밀려 있었어
경적음 울었네 눌린 가스 같은 바람은
갇힌 채 맨홀 속으로 꺼져 갔어
맥박도 뛰지 않는 거친 호흡 사이
나무는 거품을 잎새에 물었어
지루한 꿈에 젖어,
장밋빛인가요 가판점 속 검은 모자
춤추듯 떠도는 양복과 풀어진 넥타이
너희에게 진정 삶은, 여기, 광화문 네거리
짙은 화장의 소녀가 늙은 취객을 밀치고
버스 정류장 표지 밑으로 끼어들었어
버스는 서로 다른 번호를 달고
허겁지겁 찾아 들었어
사람들은 황혼녘 늙은 햇살에 눌려
하늘과 절연된 끝없는 길을 찾아 회귀하네
나는 다리 저릴 때까지 집을 찾지 못한 채
온 길을 다시 되돌아가야만 해
참을 수 없었네 막연한 기다림

땅거미 지고 이미 거리를 뒤덮은 불빛들
거리에서 부딪힌 불현듯한 마네킹의 구애와
어떤 빛깔로도 물들지 않는 세상을
검은 황혼을, 이렇게 살아 있으면서도
도대체 장밋빛으로 물들여지지 않는 무색 삶을

장밋빛 인생2

한나절 모이 쪼며 날아다니던 비둘기 떼
새들은 그새 잠들었는지
참을 수 없었네 욕설과 딱지 없는 술병으로는
다가서지 못하는 검은 영혼들
뚝뚝 끊어지는 병들고 늙은 걸음 따라
방금 지나온 문밖의 풍경
어둠 속 절망 같은 연인들의 속삭임과 포옹들
하늘에 매달린 초라한 별 하나와 네온사인 불빛들
그대들의 아름다운 뒤섞임
그 속에서 집요하게 찔러 오는 허기조차도
나는 참을 수 없었네
무너져 내릴 듯 무너지지 않는 석탑과
불거진 부조들의 무거운 침묵 사이
한 청년의 비틀거리는 구걸과 안식처의 꿈을
이런 사랑의 행각으로는
도대체 물들지 않는 어떤 마음
저 문밖의 세상을 참을 수 없었네

장밋빛 인생3

바람 불었네 염천교에서 남대문까지
바람은 뿌연 햇살 묻은 채 검은 잎새들을 조르고
가로등에 꽂힌 깃발 펄럭이게 하고는
행인들 옷자락마저 움켜잡았네
횡단보도 위로 사람과 자전거 겹겹 지나가고
구두박스 청년은 팔꿈치로 땀을 훔치다
흔들리는 문밖의 세상을 힐끗힐끗 바라보았네
붉은 역사(驛舍) 앞으로 줄서는 택시들
검은 새 떼 날아오르는 고가도로 아래
빈 약국을 지키는 흰 가운들
매장에 걸린 싸구려 양복과 낚시점 그물들
간판과 간판 사이로 바람 불었네

죽은 사랑에 대한 문상

사랑이 죽던 날 사람들은 줄을 지었다
저마다 꽃 한 송이 들고 고(故) 사랑에게로 갔다
나는 그날 또 다른 사랑으로부터 부음을 받고
죽은 사랑에게로 갔다 친구의 빈소를 찾는 것처럼
사랑에게로 갔다 너는 이렇게 살아 있는데
나는 무엇을 추억해야 하는지, 사람들은
사랑의 주검 앞에서 눈물을 훔치며 돌아섰다
웃고 있는 사랑의 영정 앞에 꽃이 쌓였고
사람들은 그렇게 하나둘씩 사랑과 이별했다
검은 구름은 성큼 하늘 밑으로 내려앉았고
무너진 거리에서 은행나무는 노란 옷을 벗었다
수은주가 뚝 떨어졌다 아무도 향을 피우지 않았다
누구도 촛불 하나 받쳐 들지 않았다
돌아가는 길 밖으로 어둠이 헉헉 내리는데
나는 사랑을 만나지 못한 채 이렇게 절망하고
또 다른 사랑은 국화꽃 한 송이 남겨 두고
먼 길을 되돌아갔다, 사랑이 죽던 날

귀천에서

이렇게 쌀쌀해져 갈 때면
내 안은 바깥 날씨보다 더 춥다는
어느 평론가의 말이 생각난다
굳은 표정 같은 거리를 걷다 보면
내 안에 뜨거운 난로 하나 놓아두고 싶은 날
가슴 깊숙이 허연 입김을 불어 본다
함박눈 내리면 조금 따뜻할 것 같은 골목이
아득하게 펼쳐져 있고
나는 무작정 걷고 또 걷는다
언제부터 따뜻함이 나의 소망이 되었는지
이곳에서 사람들은
뜨거운 찻잔을 두 손으로 감싼 채
가장 맑은 눈동자로 마주하고
나는 여기 카페 귀천에서
세상에서 제일 맛있는 모과차를 마신다

* '귀천'은 천상병 시인의 부인 목순옥 여사가 생전에 운영했던 인사동 찻집이다.

성탄전야에 명동을 지나며 쓴 시

나는 아직 외롭지만
세상은 조금씩 따뜻해져 오고 있다
성탄 전야에 명동을 지나는 사람에게
신의 축복이 같이하길
이 땅의 모든 연인에게
이제는 더 이상 연인이 아닌 사람에게도
온전한 껍데기를 가진 사람에게도
하모니카를 입에 문 채 배를 깔고 지나가는
거지 불구자에게도

삶이 축복이기를
이제 세상의 모든 나무와
콘크리트 철골 구조물이 어우러져
작은 전구 불빛과 반짝이로 장식되었듯이
모두가 같아지는 내일까지
이 겨울이 다 가기까지
삶이 더없는 아름다움이기를

* 셸리의 시 「나폴리 근방에서 낙심 속에 쓰인 시」 중에서 "오늘의 풍
  랑 고요하듯 이제 절망도 온화하여" 시구를 생각하면서 쓴 시

이 시대의 풍속

- 公無渡河歌

새벽 무렵 머리가 흰 미치광이가
머리를 풀어 헤친 채 술병을 끼고
거센 물결 속으로 뛰어들었다
임이시여, 그 물을 건너지 마오
사람들은 우르르 강으로 달려 나갔다
손을 흔들며 소리를 지르며 당신은
그렇게 강을 건너시려 했는지,
이 시대 가장(家長)들은 미치지 않았다
머리는 어느새 희어져 뭉텅뭉텅 빠지지만
꿈같은 생활고를 구름 같은 빚을 이기지 못해
새벽마다 밤마다 쓰러져 가지만
그들이 남기는 선량한 유서를 차마 읽을 수 없다
미안해요, 여보
은영아, 상혁아, 잘 있거라
지금까지 열심히 살아왔는데
어찌 할 수 없어 마지막 길을 택한다
다음 날 새벽 또 한 사내가 익사한 채로
강기슭에서 발견되었다

이 시대의 풍속

- 獻花歌

누가 날 위하여 꽃을 꺾을까
어떤 임이 내게 꽃을 가져다줄까
손 닿지 않는 아득한 곳 꽃은 만발해 있고
암소를 끌고 지나가던 노인이
꽃을 꺾기 위해 바위 절벽을 오른다
나를 아니 부끄러워하신다면
꽃을 꺾어 바치오리다
소년은 소녀를 안고 걸어가고 있다
파도치는 절벽처럼 아슬아슬한 거리
복제된 유행가 소리에 맞추어
꽃은 아무렇게나 함부로 피어난다
소년은 소녀의 환심을 사기 위해
거리에서 꽃을 사고 꽃을 바친다
소녀는 꽃향기를 맡으며 눈웃음 짓고
희죽거리며 꽃을 맞들고 간다

사랑, 두 개의 무거움

내 속에는 두 개의 무거움이 있어 하나는 나를 짓누르고 또 하나는 나를 든든히 받쳐 준다 무거움 즉 사랑이란 구름과도 같다 그것은 새털처럼 가벼운 존재로서 한 줄기 비로도 선뜻 내리지 못하지만 어느 한편으로 치우쳐 서로 연합하면 거센 기류가 되어 흐른다 그 무거움은 너무도 진지하고 열정적이어서 나를 몰입하게 한다 사랑은 먹구름처럼 나를 짓누르고 그 무거운 기류와 비바람 속으로 끊임없이 나를 밀어낸다 사랑은 마음속으로부터 그 비틀거림을 든든하게 받쳐 준다 사랑은 구름과 너무 닮았다 그것은 때때로 인간의 마음을 무겁게 하지만 잠시 머물다 떠나갈 뿐이다

느티나무 숲에 관한 꿈

　날마다 황혼 무렵마다 새들이 숲속으로 날아가는 것을 보았다 집을 찾아 가는 아이들을 보았다 아마도 나는 꿈속 어느 집을 찾아가고 있었다 길이 있었다 청색 잉크 같은 바닷속 나는 혼자서 그 길을 따라 걷고 있었다 이끼처럼 어둠이 낀 진한 바닷속을 걸어서, 나는 고개를 돌리고 한 번 뒤척였다 해초 같은 융단이 깔리고 있었다 물고기들은 지느러미를 차고 물의 천장으로 날아올랐다 길 잃은 아이의 팔다리가 흐느적거렸다 촉수가 달린 문에 다다라 미끈한 고리를 잡아당겼다 바닷길이 끝나고 푸른 숲속에 수많은 갈랫길이 보인다 유년의 느티나무가 큰 숲이 되었다 물고기들이 나뭇가지에 걸렸다가 사라진다 소나기가 내린다 나무들이 푸르게 젖고 둥지의 새들이 푸르게 젖는다 내 몸도 푸르게 젖는다 나는 반듯이 눕는다 깨어나는 순간까지 목 타는 그리운 꿈, 꿈속에서 나는 속지 않았다

기억 속의 수해

기억 속으로 대홍수가 시작되었다 그 기억의 밑자락에는 집이 물에 차오르고 몸까지 흠뻑 젖었던 어느 가을날의 수해가 살아 있다 가족과 친구들은 멀리 있었고 비는 사나흘 동안 흘렀다 앨범 속 사진은 젖어 흐릿해졌고 광택 나는 검은 음반은 휘어져 나나 무스꾸리와 존 바에즈의 노래를 다시 들을 수 없었다 비바람이 그치고 사람들은 더욱 황폐해졌다 방역차가 뿌려 대는 소독약 냄새 속에서 끼니를 때웠다 헝클어진 머리와 푸석한 얼굴로 햇살 위로 젖은 세간을 내어 놓았다 오늘 내 기억 밑에서 물이 차오르고 있다

새는 더 이상 알을 품지 않는다

새는 더 이상 알을 품지 않는다 어미 새는 껍질을 깨고 나오는 어린 새끼를 기꺼이 받아들이지 않는다 둥지는 비좁고 언제 사라질지 모른다 먹이가 너무 멀리 있다 어린 새는 추위와 굶주림으로 죽는다 이제 인간이 새의 알을 품는다 새는 부화되어 숙련된 인간에 의해 양육됨으로써 새는 알을 품지 않고도 대량의 종족을 번식한다 인공에 의하여 새의 알에는 의지가 없어진 지 오래다

근시

　삶의 교과서가 보이지 않아 안경을 맞추기로 했다 처음
엔 쓰고 다니기가 어색해 안경은 가방 속에서 달그락거렸
다 멀리 있는 것은 읽을 수 없었다 어쩌다 안경을 빠트린
날은 안절부절못했다 하루 종일 눈이 휑하도록 노트를 베
꼈고 어둑할 때 집에 가는 버스 번호가 보이지 않았다 눈은
점점 나빠져서 시력검사를 받고 그때마다 점점 두꺼운 안
경을 쓰게 되고 어느 날 세상은 불현듯 코앞까지 다가와 있
을지 모를 일이다 혹 삶의 놀이터에서 안경을 깨뜨리고 나
는 깜깜하지도 밝지도 않은 세상의 중간에서 애타게 너를
찾게 될지도

무거운 강

오늘 강은 무겁다
쇳물이 흐르나 납이 녹아 흘러가나
강이 가벼워졌으면 좋겠다
푹 덜어 내서 어디든 유유히 갈 수 있었으면
너무 많다, 내 안에는
강 깊이 쌓여 가는 퇴적물처럼
그래서 홍수가 나면 범람하는 강처럼
쉽게 넘쳐 버린다
강은 오늘도 위험 수위까지 왔다
아직도 하늘엔 구름 걷히질 않고
간간이 뿌려 대는 빗줄기 가슴을 두드리고
강은 흐를수록 자꾸 무거워져 간다
무겁다, 나를 끌고 가기가
너무 무거워 이제 어디든 갈 수 없다
오늘 밤 강둑은 무너져 버린다

무교동, 겨울이 시작될 때

사람들은 밤늦도록 무교동 골목을 떠나지 못했다
퇴근 무렵이면 수북이 쌓인 서류철과 폐지들을
대충 구겨 넣고 사람들은 해이해졌다
후줄근해진 양복저고리를 걸치고
저녁이 되면 밥집에서 술집으로 바뀌는 곳
무교동 골목으로 걸어 나왔다
밤은 수많은 신용카드를 비벼 대는 소리와
금전등록기의 거친 타점 속에서 깊었다
서로 어깨를 걸고 부축이며 큰 도로를 나설 때까지
비록 내일이면 다시 만나게 될 일상이지만
어둠 속 작별은 길고 진지했다
등을 감싸며 보듬고 눈과 뺨을 부비고
취한 동료의 택시를 잡아 주었다
붉은 포장마차에는 이 우둔한 삶에 대하여
마지막 결론을 내리고 싶어 하는
아직 지치지 않은 사람들이
우동 국물을 불며 막잔을 들고 있었다
바람이 불지도 않는데 가랑잎이 차례로 뒤집어졌다
뒤집어지면서 소리 없이 웃다 자지러졌다
그리고 그해 겨울이 시작되었다

겨울비

백설이 되어 돌아와야 할 세상에
너는 아직도 그리운 당신인가
빙점까지 기다리지 못했던 너의 짧은 사랑과
구름 위 먼 곳의 헛된 결빙만으로
너의 영혼은 충분히 아름다울 수 있는가
더 이상 사랑이 되지 못하는 너
추운 날을 견디지 못하는 허약한 육신은
이제 땅 위에서 얼어붙으려 하는데,
백설이 되어 다시 찾아올 너에게
이것은 저주인가 축복인가
천상의 안락한 삶을 버리고
뒤틀린 언어와 욕설이 솟구치는 세상 속으로
차라리 너는 겨울비가 되었나
사람들은 우산을 쓴 채 귀가를 서두르고
버스 유리창 앞에서 주르륵 흘러내리는
너의 소중했던 지체들처럼
누군가 눈물 흘리며 너를 못 잊어 하겠다
더 이상 눈이 될 수 없었던 그날처럼
겨울비 내리는 날에

몽상

가끔씩 굴다리 위로는 기차가 다닌다
사람들은 몇이서 짝을 지어
굴다리 위 큰 도로를 건너기도 한다
봄에는 개나리가 녹슨 선로 건너 피었고
버드나무 가지마다 물이 오르기 시작했다
여름내 더위에 지친 노인들은
철도변 그늘에서 장기를 두며 쉬기도 했다
굴다리 밑으로는 몇 개의 좌판과
점포들이 꿈틀거리는 시장이 있다
낡은 영화관과 약국 하나가 있다
나는 굴다리 밑을 지날 때마다
기차가 풀썩거리며 지나기를 기다린다
어디선가 증기라도 뿜으며 지나갈 것 같다
이럴 때면 여기 서울 한복판에서도
가끔씩 몽상에 젖어드는 것이다

별에 대한 묵상

별은 하늘에만 뜨는 것이 아니다
만리동 고개 너머 낮은 땅에도
수많은 상처와 연민이라는 이름의 별들이 살고
뿌옇게 비추이는 밤공기 속에서도
눈물처럼 반짝거리는 것이 있다
매연으로 뒤덮인 공덕동 네거리
날마다 힘겨운 연명처럼
포장 친 손수레 끌고 가는 사내의 뒷모습에
감춰진 별 하나 끔뻑거리고
공덕시장 앞 신호 끊어진 횡단보도를 건너는
노파의 굽은 등 뒤에서도
별인가, 깜박 깜박, 세상에는
너무 먼 하늘 먼지 낀 하늘보다도
더 많은 별이 이렇게 살아 매일 뜨는데
우리들은 땅 위에서 그 곁에서
밤마다 반짝거리며 밝히고 싶은 것이다
이제 별은 하늘에서 뜨지 않는다

결혼 이후

나의 하루는 넥타이를 매면서 시작된다
결혼 이후 달라진 것이 있다면
넥타이를 매면서 허둥대지 않는 것과
어떤 걸 맬까 고민하지 않아도 되는 것이다
내가 출근할 때면 아내는 신이 난다
매고 고치고 또 매고
양복 깃을 툭툭 털어보기도 하고
손수건을 뒷주머니에 찔러 주며 웃는다
그럴 때면 난 괜찮은 매듭을 고치기도 하고
거울 속 머리를 쓸어 보기도 한다
그녀가 몸을 비틀며 쳐다볼 때면
나는 거저 행복할 뿐이다
이렇게 하루를 시작할 수 있으므로
내가 처음으로 출근하던 날
집 앞까지 배웅 나왔던 아내의 모습을
잊지 못한다 그렇게 서서 굳어져 있을 것 같은
저녁마다 느슨해진 매듭을 풀며 만나는
날 기다리는 한 사람의 마음을

당신, 아름다운 그대

아내는 지금 진통 중이다
먼동이 트는 아침, 거친 호흡을 몰아쉬며
이따금씩 그대는 넋이 빠진다
얼마나 기다렸던 진통인가
지금은 가장 기쁜 순간
그대는 세상에서 가장 아름다운 여자
왜 그대의 아픔에 가슴이 벅차오르는지
이제 비로소 나는 인간이 되고
배내에 머물렀던 아가와 함께
또 하나 어린 생명인 나는
세상 속으로 나오기 위해 안간힘을 쓰고
심장고동 소리를 똑똑히 듣는다
아내가 분만실로 간다
이제 우리는 함께 서서히 내려가고 있다
고통과 함께 고운 비명을 지르고
나는 꿈속에서 그대를 만난다

퇴근 무렵

빈 책상과 의자와 꺼진 컴퓨터들
잔무를 처리하면서 나는 집에 전화를 건다
오늘 일이 많아서 늦어졌다고
이제 들어간다고 잠시 후 여길 떠날 것이라고
창밖에는 차들의 미등이 붉다
어둠 속 승강기를 기다리며
나는 아직 퇴근하지 못한 동료를 생각한다
그는 나보다 먼저 집에 전화를 걸었고
많이 늦을 거라고 아내에게 미안하다고 했다
그는 어떤 비애를 느낄 것이다
그래서 같이 남아 있으려고 했는데
전화를 걸면서 불쑥 집으로 가고 싶어졌다
비애는 너무도 일반적이어서
전이가 빠른 병이다

3부

마혼이라는 평전(平田)에 올라 시를 쓴다.
나무는 세월만큼 굳은 송진을 남겨 놓았다.
내가 헐벗지 않았음은 얼마나 다행한 일인가.

안개

　내가 사는 이곳은 안개의 세력이 땅을 지배한다 안개에
젖은 사람들은 어떤 물질 같은 뿌연 독을 마시고 추억의 덩
어리를 게워 내기도 한다 사람들은 안개 속에서 첨벙거리
며 길을 잃는다 마주 붙어 있는 한강은 밤새 속을 끓이다
새벽이면 프라이팬처럼 표면을 달구며 안개 공장이 된다
그럴 때면 태양 속에서 제우스 신전도 흠뻑 젖는다 안개는
비(雨)보다 강해서 마음까지 젖게 한다

　기차는 낯설고 두려움 가득한 시선들이 우글대는 서울역
까지 나를 정확하게 배달해 준다 안개가 짙은 날엔 그 거인
이 안개의 힘에 눌려 연착하기도 한다 보이지 않는 선로 끝
으로 사람들의 발목이 붙잡힌다 어쩌다 기차를 타면 배달
통 같은 객차 속에서 깃발처럼 나부꼈다 푸른 몽상에 젖다
가 부르르 깨었다 그것은 집이라는 이름의 따뜻한 역을 떠
나는 껍데기의 절규 같은 것이었다

서울의 우울

역은 저마다의 사연이 있어 늘 붐빈다 개찰구를 나서는
사람들은 영영 떠나기 위함인가 다시 돌아오기 위한 짧은
이별인가 가쁜 호흡 같은 발걸음으로 플랫폼을 빠져나온
사람들은 그리운 서울이 못내 궁금했을 것이다

그는 중증(重症)이다 얼굴은 복면처럼 퉁퉁 부었다 아침
부터 퀴퀴한 매연을 내뿜으며 걸어온다 그리운 눈빛이 땅
속으로 쏟아진다 그의 사연이란 무엇인가? 그는 광장의 살
찐 비둘기처럼 한 조각의 작은 모이를 위해 여기에 온다 정
글의 비유로 말하면 피 묻은 신성한 먹이를 위해 여기에 온
다 나는 서울이라는 친구를 두고 떠날 수 없다

* 보들레르의 산문시집『파리의 우울』을 모티브로 쓴 시

강매역

저들은 모두 양복을 입었으나 피난민 행색으로 늘어서고 생계를 위한 몸들이 경의선 기차에 실린다 철도 건널목 땡 땡 소리에 차단기 내려질 때 기관차는 지상에서 가장 늦은 속력으로 천천히 다가선다 그러면 마주 보이는 작은 산의 소리 없는 배웅 속에서 막 물오르기 시작하는 버드나무 몇 그루 남겨 두고 나는 너무나도 행복한 이별을 체험하는 것 이다

창구에서 표를 파는 퇴직 역무원은 바싹 말랐다 그는 기 차가 멈출 때까지도 표를 팔 것이다 최후의 심판 날에도 천 직을 버리지 않을 것이다 나는 삶의 반경이 기록된 분홍빛 차표를 쥐고 구겨지기 시작하는 껍데기의 일상을 바라본다 소명 없는 직업은 생계를 위한 것일 뿐, 살아갈수록 가벼워 지지 못하는 67킬로그램의 육중한 생애, 끝내 슬픈 고치를 털고 날 수는 없을 것이다

부자(父子)

나는 지금 너를 닮아 가는 중이다

날이 더할수록 너의 얼굴에서 표정이 생기고

볼이 패면서 웃음과 울음이 생겨난다

네가 처음으로 하품을 하던 날

사지를 쭉 펴고 기지개를 펴던 때

창가에 햇살이 드는 어느 날 아침이었던가

아빠는 혼자서 웃음을 참을 수 없었다

짧은 팔과 다리에 힘이 붙어 가고

목을 가누기 시작했을 때

검은 점과 사물을 응시하고

드디어 너만의 아름다운 눈빛이 생겨났을 때

부자(父子)는 처음부터 같지는 않았지만

그렇게 닮아 가는 것인가

사람들은 너를 나의 분신이라고 말한다

내가 아버지 어깨로부터 풋풋하고 질긴 세상을

눈으로 인간에 대한 따뜻한 연민을 배웠듯이

깊은 산속 물소리 같은 옹알이

그 속에 흐르는 환호를 기억해 내고 싶다

나는 너처럼 웃는다 너처럼 하품을 한다

서서 가는 사람들의 몽상

　오전 여덟 시의 버스는 언제나 만원이다 앉아 가는 사람
들은 버스를 채우는 아우성에도 뒤척거리지 않는다 기사는
사제 스피커를 통해 라디오를 듣는다 버스는 화전과 수색을
지나 도 경계를 넘어선다 사람들은 깊은 잠에 빠져들고 서
서 가는 사람들의 몽상이 시작된다, 삶의 지루함 때문이었
지만, 더러는 칸나처럼 빨간 꿈을 꾼다 한 그루 해바라기처
럼 노란 몽상에 잠긴다 아홉시 출근부에 도장을 찍는 회사
원의 삶이지만, 뭉게구름 핀 하늘의 풍경 묶어 두고 도로의
굴곡을 넘나든다 버스의 커다란 바퀴는 서서 가는 사람들의
다리를 받치고 하늘과 땅 사이를 굴러 간다 버스는 모래내
를 지나고 플라타너스의 여름은 더 이상 무덥지 않다 밤새
노숙하는 삶이지만 무수한 이파리들로 찌는 두려움을 덮을
것이다 두 개의 터널을 지나 버스는 도심 속으로 빠져들고

수요장(水曜場)

　수요일은 장이 서는 날, 광화문으로 영등포로 남자들이 떠나간 후 아파트에 장이 선다 트럭이 도착하여 상자를 풀기도 전에 여자들은 몰려들고 작은 축제는 시작된다 남편을 위하여 찬거리를 사려는 고운 마음과 새벽부터 채소며 과일이며 생선을 떼어 온 고단한 몸이 섞이고 물들이는 아파트의 장날, 한 여자가 배추 몇 포기를 아름 안고 돌아간다 어물전에선 언 생선 아가미에 칼이 꽂히고 아줌마는 순식간에 검은 봉지를 내민다 아이들은 엄마 손을 잡고 핫도그를 먹는다 저녁이 되고 팔다 남은 물건들은 바구니에 담겨져 떨이가 된다 상자를 접고 좌판을 걷고 트럭에 몸을 싣는다 아무도 모르게 축제는 끝나고

하지(夏至)

 낮이 가장 길고 밤은 가장 짧다 어둠의 세력이 몰려와 깜깜해야 할 즈음인데 오늘만은 태양도 더디 넘어가고자 한다 인간에 대한 연민 혹은 신의 은총인가 홍등을 켜 매단 듯 놀이터는 붉어진 채 밝다

 긴 하루에도 지칠 줄 모르던 한낮은 녹지들과 함께 길게 누웠다 가까운 나무들의 보이지 않는 사랑만이 익어 갈 뿐 만물이 오수에 빠져드는 것이다 가까스로 저녁이 되고 그래도 사방이 환하다 여기 아파트 작은 숲도 열아홉 평 공간을 떠나 나무 사이로 숨었다 여자들은 수다를 떨면서 배드민턴을 치고 태교 같은 바람 맞으며 임산부들이 걸어 나온다 사내아이는 공을 차고 계집아이는 소꿉장난을 한다 큰아이는 자전거를 타고 작은 아이는 그물채를 가지고 뛰어다닌다 낮이 가장 길어질 때 밤은 가장 짧다 서로 사랑할 시간이 부족하다

플라타너스 잎이 커질 때

떠나겠습니다, 당신, 플라타너스 잎이 커질 때 잎이 떨어
져 동그란 누런 열매가 맺을 때까지만 세상 어디든 떠났다
가 다시 돌아오겠습니다 당신을 두고 떠나기는 정말 힘이
듭니다 속초 바다 대포항 불빛이 그립다고요 오래전 올랐
던 남쪽의 산도 그립습니다 저의 안부를 다시 묻지 말아 주
십시오 떠나겠습니다 유년의 지도를 펴고 늙은 자취가 허
깨비처럼 살아나 활개 치는 곳, 무교동 낯익은 골목과 간판
을 떠나겠습니다 꼭 돌아오겠습니다 허무를 쫓는 삶의 비
탈에서 영영 떠나기는 죽어도 싫습니다

플라타너스의 회상

가을이면 사람들은 망각의 껍질을 깨고 오래된 길처럼 회상을 시작합니다 무덤도 없이 고인이 된 친구에 대하여 그렇게도 줄곧 우정을 지켜 왔으나 이제는 안부마저 묻기 어려운 친구에 대하여 한 여자를 사랑했으나 고시에 낙방한 후 먼 길을 택한 어린 영혼과 아카시아 나무의 추억만으로는 선뜻 만날 수 없는 어릴 적 친구에 대하여 황사를 뒤집어쓴 버드나무와 비가 오면 구질구질하던 육교 밑 아이들에 대하여

나는 지금 당신들과 함께 황무지를 걷고 있습니다 티 에스 엘리엇의 사람들처럼 아무렇지도 않게 수많은 걱정과 회한을 이파리 속으로 감추겠습니다 사랑을 고사(枯死)시키려는 죽은 땅의 음모에도 굴하지 않겠습니다 이맘때쯤이면 삶은 더 이상 조급해지지 않습니다 남아 있는 혹은 남아 있을 시간들이 불쑥 그리워질 때 겨울이 오기 전에 당신들의 눈물을 닦아 주겠습니다

안부(安否)

　지금 덕수궁 앞 빨간 우체통 속으로 노란 은행잎이 떨어지고 있습니다 그동안 잘 있었니? 당신의 안부를 묻습니다 나의 그리움이 당신이 사는 세상을 물들였으며 당신 바라보는 하늘을 파랗게 물들인 것 또한 나의 슬픔이었다고 씁니다, 하지만, 정작 마음 한 조각 물들이지 못한 것은 나의 참담함 때문이었다고, 지난겨울 첫눈의 추억은 절망하지 않은 내 마음의 원형이 신의 은총으로 지상에 뿌려지는 것이라고 덧붙이겠습니다 머지않아 첫눈이 내리겠지요 그때 다시 안부를 전하겠다고, 가을날의 안부를 벌써 잊어버렸다고 마지막으로 쓰겠습니다

별

어두운 빛이 좋아서 나는 붙박이별로 살아야겠습니다 비록 사막같이 떨어지는 별똥별이 되어도 흔적도 없이 사라지는 단명(短命)이어도 혜성의 찬 빛보다도 밤하늘 빛나는 모든 별 뒤에 숨어있는 태양, 그 광막한 근원을 따르는 별무더기 보다 더욱 행복할 수 있습니다 오늘 샛별은 개밥바라기로 뜨고 지구를 향한 그리움으로 달도 밤새 자전할 것입니다 세상의 어느 별자리가 멈출 수 있을까요 나는 외로운 떠돌이가 싫어져 붙박이별로 살아야겠습니다

내 마음의 공원1

해 질 무렵 단지 몽상을 위하여 공원을 찾아가는 것은 쓸쓸하고 어리석다 삶의 거죽보다 더 늙은 황혼의 달과 함께 오랫동안 의자에 앉아 있었다 노인들은 약한 관절을 위하여 게이트볼 놀이를 한다 조명도 없는 블록이 깔린 간이 무대에서 교복 입은 소년들이 고난도의 허슬 연습을 한다 그들에게도 봄축제가 찾아왔을까 계집아이 서넛은 한쪽에서 소꿉놀이를 한다 공원의 테두리를 한 바퀴 돌아본다 나는 문득 잘 자란 느티나무 그늘 아래서 아이들 흑백 사진을 찍어 주고 싶다 가로등이 켜지고 아파트 베란다 불빛도 켜지고 사람들은 다시 콘크리트 상자 속으로 되돌아간다 밤새도록 공원은 텅 비어 있을 것이다 이제 아무도 꿈을 꾸지 않는다

내 마음의 공원2

　내 마음의 공원에는 비둘기가 살지 않는다 가로등 아래 비둘기 집도 더 이상 빛나지 않는다 포만감 속에서 모이를 쪼는 비굴함도 마지막 끼니를 때우는 사나움도 없다 사람과 비둘기를 쫓는 폐허 같은 먼지도 없다 어깨를 감싸고 산책하는 젊은 부부와 공을 차고 자전거를 타고 노는 아이들과 이제 막 걸음마를 시작하는 아가와 가끔씩 마주치는 쓸쓸한 몽상가만이 있을 뿐

내 마음의 공원3

　내 마음의 공원에 종일 바람이 불었다 코스모스 분홍빛
물결이 밀려온다 연인들은 안장과 바퀴가 두 개씩인 자전
거를 타고 공원을 몇 바퀴째 돌고 있다 연인이 아닌 사람은
운동복을 입고 흠뻑 젖어서 돌고 있다 아이들 머리 위로 가
오리연이 출렁거리며 바람을 타고 하늘로 오른다 그 바람
때문에 호수의 수면 위를 나는 잠자리 떼 날개가 조금은 상
했을지도

학교 운동장

내가 보는 것은 언제나 밤의 운동장이다 산 메아리 같은 웃음소리가 밤공기에 스르르 녹는다 아이들은 우주선을 타듯 시소에 올라타고 빙그르르 돌아가는 기구 속에서 산새처럼 재잘거린다 한낮 햇볕을 가려 주던 등나무 의자에 앉아 어스름 저녁마다 밖에 나가고 싶어 하는 내 어린 아이들과 함께 나는 오늘도 보랏빛 석판(石板) 위에 학교 운동장을 그려 둔다

종례를 마친 아이들이 운동장으로 쏟아져 나온다 비 오는 날이면 운동장은 작은 시내를 이루고 색색의 우산은 큰 가방과 함께 춤을 추겠지 종종 편을 갈라 축구시합하는 체육시간 나는 골문 앞을 지키는 풀백 아이를 찾는다 저 아이도 언젠가는 멋진 골을 넣겠지 플래카드가 걸리고 하늘에는 만국기가 수놓아진다 청군과 백군의 함성이 드높다 내가 보는 것은 언제나 밤의 운동장이다 어둠은 이미 운동장을 덮었는데 젊은 부부와 아이들이 산책하면서 어슬렁거린다

초여름

낮으로부터 밤으로의 전이(轉移)가 시작되었다 기차가 레미콘 행렬처럼 사람들을 다 쏟아 놓고 사라진 뒤 아빠를 찾아 환호하는 아이들 목소리가 물결처럼 출렁거린다 여름 잔디는 너무 짙어서 어둠처럼 배어날 듯한데 군데군데 흰 토끼풀과 시들어 갈수록 붉은 장미꽃이 늘 보는 풍경 속으로 반갑게 눈앞을 가로막는다

여기 행신동 사람들은 저녁이면 철로 변으로 나와 자리를 깔고 다리를 뻗는다 무겁고 낮은 경적으로 몇 대의 기차가 지나가고 그들은 달빛을 안은 채 집으로 돌아간다 여름밤 대기는 왜 푸른빛이 도는지 작은 날벌레는 거기서 자꾸만 돌고 도는지 나무는 대꾸도 없이 검은 잎사귀로 자신을 덮어 가는지 낮으로부터 밤으로의 전이만큼 궁금해졌다 한여름이 시작되기도 전에

이 시대의 풍속

- 복면강도

창문도 없는 지하 달 셋방에서
아버지는 열 살배기 아들의 손가락을 자른다
아들은 고개를 끄덕거렸다
아버지, 저는 아프지 않아요
어두운 골목 속으로 사라졌던 복면
그 인면수심의 강도는 끝내 나타나지 않았다
어린 아들은 아무 말도 하지 않았고
아버지는 경찰서에서 자백을 했다
지 새끼, 새끼손가락 잘라 묵은 아버지
이웃 사람들이 집 앞으로 몰려들었다
세상에 이럴 수가 보험금을 타려고
저 뻔뻔한 얼굴 좀 한번 보여 주소
아버지는 고개를 들지 못한 채
아들의 새끼손가락을 다시 한 번 잘랐다
수갑 찬 아버지가 보고 싶어요
아저씨, 아버지를 용서해 주세요
비정한 아버지의 기사로 세상이 흔들렸다
아버지의 가슴은 장판처럼 눌렸고
집 나간 어머니는 늦은 바람처럼 돌아왔다

* 1998년 9월 생활고에 시달리던 아버지가 어린 아들 손가락을 잘라
  상해 보험금을 타려고 했던 사건으로 '복면강도로 위장한 비정한
  아버지의 자작극'으로 회자되었다.

장마

올 여름 장마는 언제 시작되는지
장마가 시작되기 전부터 덩굴장미는 피고
후드득 어릴 적 코피처럼 쏟아지는 꽃잎
덩굴장미는 장마를 어떻게 견디는지
꽃잎이 떨어지고 꽃받침이 무너져도
기어이 살아남아 다시 피어날 수 있을지
바람은 높은 곳에서 낮은 곳으로 흐르고
세상이라는 언덕은 낮은 곳이 더 많아
믿었던 축대는 가끔 수수깡처럼 무너진다
나는 우두커니 서서 바람을 맞는다
이웃들의 가난한 마음이 물에 젖는다
비가 그쳐도 개지 않는 하늘
무거운 구름 사이 피어난 저녁의 장미는
그래서 아름다운지
장마는 아직 시작되지도 않았다

삶

삶은 자고 일어난 이부자리처럼
다시 개어 놓으면 그만이다
아침에 눈을 뜨면
행복하지도 불행하지도 않은
삶의 축복들이 척척 쌓인다
일상이란 그런 거니까

눈 속은 따뜻하다

　들판에 내린 눈은 겨우내 당신을 목마름으로부터 지켜
줄 것이다 해빙기를 지나 봄비로 검은 땅이 젖을 때까지 땅
속에서 물속에서 혹은 굴속에서 눈은 동면하는 어린 생명
그대들의 안식을 지켜 줄 것이다 깊은 산속 눈 내리는 광경
을 상상해 보라 골짜기를 파묻어 버린 거대한 눈의 세력은
도대체 어디서 온 것인가 옹달샘은 얼어붙겠지만 마르지
않을 것이고 겨울 햇살에 땅 속으로 스민 눈의 영혼은 불우
한 나무의 뿌리를 찾을 것이다

운보(雲甫)의 죽음

    미당(未堂)도 죽었고 운보(雲甫)도 죽었다 김현 선생은
병으로 마흔을 넘어 죽었지만 그들은 여든을 넘어 죽었다
운보는 말년의 인터뷰에서 이렇게 말하더라 좋은 그림 하
나 그리지 못했다고, 예술은 궁극적으로는 베푸는 것이라
고, 나는 운보의 그림을 본 적이 없다 그러나 자신이 불구
였으며 자신의 그림조차 한 점 소유하지 않았던 무욕의 삶
을 자꾸 생각하게 된다 조간신문에 장례 인사가 실렸다 그
에게도 아들과 딸이 있었구나 먼저 죽은 아내를 그리워했
다고 한다 그에게도 죽거나 살아 있는 가족들이 있었고 현
실의 삶과 사랑, 연민이 있었구나

자선냄비의 겨울

성탄의 길목에서 자선냄비는 흐느껴 울었다 거리의 사람들은 적선을 위하여 거기 멈추어 섰다 구세군 작은 악단은 관악기를 불며 흐뭇한 미소를 지었다 여전히 우리에겐 불우한 이웃이 있고 외롭고 춥고 배고픈 내가 구석구석 숨어 있다

무궁화나무 한 그루

퇴근하는 길
골목길 접어드는데
무궁화나무 한 그루 나를 반기네
이맘때쯤 무궁화 꽃이 피었지
꽃잎 때깔이 연보라 빛으로 곱고
하얀 수술이 당당한 나라꽃
무궁화 꽃이 피었네
참 예쁘네, 참 좋네
무궁화나무 한 그루
마음에도 심어 놓아야겠다

하늘 아래 별

어둠 속 도시를 바라볼 수 있는 곳
여기서 하늘은 둘로 나눠진다
한쪽은 타오르고 있는 불빛들의 탄식
뒤돌아보면 잠들어 있는 어린 불빛들의 안식
빌딩 숲 야경은 아름답지만
그대는 여기 부서지는 발밑에서
하늘 아래 별들이 잠들고 있음을 아는가
작은 집들이 성곽의 계단처럼 이어지고
그 속에서 불빛들이 은은하게 잠들고 있음을
어머니의 자장가 소리를 듣는다
새벽 아버지의 발소리에 뒤척인다
밤새 소리가 불빛이 되어 흔들리다
가장 밝은 별이 되어 다시 뜬다는 것을
보름달이 초승달로 바뀌어 가고
세상은 아름답게 타락하고 있다

* 북악산 팔각정에서 쓴 시

진눈깨비

나는 그대들의 슬픔을 안다
하늘 깊은 곳 눈의 결정으로 태어나
그대 그토록 그리워하는 대지
뜨거운 땅 위에서
몇 줄의 연서도 남길 수 없음을
나는 그대들의 아픔을 안다
세상을 뒤덮기를 소망했지만
기다림 끝에 찾아온 허망함
그대에게 지금 작은 신음조차 사라졌음을
목발을 짚고 걸어가듯
그렇게 눈물은 절뚝거리며 흐르고
그대에게 지금 춤추는 자유도
남겨져 있지 않음을
왜 묻지 않는가
사랑이란 도대체 무엇인지를

4부

마흔에서 쉰으로 넘어가는 골짜기,

그곳으로 따뜻한 바람이 분다.

분화구처럼 푹 파인 세월 속으로 그리움의 꽃이 핀다.

이끼

난 이곳이 좋았어, 어둡고 축축한 곳
세상 같은 단단한 바위 틈새
그 깊고 어둑한 음지가 난 좋았어
언제나 시원한 바람이 먼저 다가와
어두운 마음을 어루만져 주거든
쉽게 뿌리를 내릴 수 없어
환한 세상을 맘껏 그리워할 수도 있고
오래된 푸른 이끼들과 사귀면서
내 삶의 마지막 악장을 들려주고
아주 낮고 굵은 목소리를 흉내 내면서
젖은 듯 슬픈 척도 하고
푸른 하늘이 그리워지기 전까지

은행나무

너 혼자 물들었구나
첫서리를 가져다 뿌리에 적시고
노란빛 이제 집으로 돌아와
쉬고 싶은 마음을 어루만진다
밑동부터 곧은 너의 줄기가
버티고 꼭 잡아 주는 동안
어느새 물들었구나
예전엔 서러움뿐이었는데
이제 너의 고운 마음을 따라
이 길을 걷고 싶구나

애드벌룬

내 몸에 공기를 넣는다
언젠가는 채워지겠지
숨을 들이마시고
이제 조금씩 내뱉는 거다
애드벌룬처럼 날아가는 거다
구름 위 떠도는 기류를 타고
흘러가는 거다
삶이 억지스러워질 때
사람이 그리워질 때
그렇게 인간은 스스로
가벼워질 수 있는 거다

내 마음이 나에게

멀리서 바라보면
내가 사는 이 세상도 하나의 점
누군가 꾹 눌러 찍어 놓은
또렷한 자국일 거다
바람 불면 삶이라는 깃털 하나
힘없이 비틀거리듯
애처로움으로 그냥 흔들리는 거다
끄적거리다만 연서처럼
모든 사랑은 허탈할 거다
누구나 자신의 길을 걷지만
저 모퉁이를 지나면
어떤 풍광이 숨어있을지
지금 막 꽃이 피어나
숨 막히는 향기를 만나게 될지
아무도 모르는 거다
그래서 삶은 풀잎처럼
쓰러지지만 않으면 되는 거다

구름

저기 흘러가는 늙은 구름 끝자락에도
뭉게뭉게 핀 어린 구름에게도
이우는 서쪽 하늘 붉은 포옹이 있고
등 뒤에 남기는 따뜻한 말 한마디가 있다
구름은 해에게 빚지고 있다
세상 어디 빛에 빚지지 않은 것이 있으랴
석양의 어둠에 잠긴 것은 말이 없다
바람에 실어 줄 생각도 없다

첫눈

진눈깨비처럼 땅 위를 더럽히며
스스로를 위로하지도 않는다
함박눈처럼 꽃으로 위장하며
시기하기도 미워하지도 않는다
몇 겹의 검은 구름이 하늘을 가리고
고요함으로 세상을 살며시 덮었다
첫사랑처럼 그렇게 잠시 머물다
사라질 듯 첫눈이 내리지만
어느새 멀어져 가끔 생각나는 것
첫눈은 쌓이지 않아서 좋다

나무에 대하여1

나무는 뿌리를 박고 세월을 견딘다
속으로 둥근 테가 그려질 때마다
기둥에서 가지가 뻗어나가고
가지 끝 줄기마다 이파리가 붙는다
나무는 푸른 잎사귀로 사람을 감싸 주지만
나무에게 사람은 위로가 될 수 없다
사람은 서둘러 나무 곁을 떠나고
그새 바람이 불고 햇살이 앉았다

나무에 대하여2

나무는 우두커니 서 있는 사람 같다
햇빛은 곧게 움직이며 바람을 비켜 주고
바람은 손가락 같은 잎을 흔들며
오래된 친구처럼 나무의 곁을 지켜 준다
나무는 잎을 틔우지 못한다
잎보다 먼저 꽃을 피우지도 못한다
어느 날 봄비가 내려 잎사귀를 적시고
따스하게 뿌리에 스며들 때까지

기러기 부음

한 기러기가 죽었다
흰 날개 퍼덕거리다 숨진 지 닷새 만에
짝지어 살던 둥지에서 발견되었다
가족에게 헌신하는 너의 습성과
언 땅에서 날아와 겨울을 보내는 너의 운명이
액자로 가두어진 사진 속에서 웃고 있었다
안락한 습지에 대한 추억이 갈대꽃처럼 피어났다
너의 행렬에 대한 찬사가 불꽃처럼 터졌다
부정(父情)은 쓸쓸해하지 않았다
독한 병을 비우는 동안 노란 부리는 부러졌다
때때로 새벽녘에 날개를 더듬어 보았다
쉰을 넘어선 세상을 유랑하고 싶었다
겹겹이 찾아오던 두통이 먼지처럼 떠다니다가
묵묵히 견뎌 온 눌린 혈관 속에 눕고
당신은 슬그머니 세상을 떠나고 있다

* 2005년 10월 50대 기러기 아빠가 숨진 지 닷새 만에 발견됐다. 그는 평
  소 지병에 시달리다가 누구의 보살핌도 받지 못하고 세상을 떠났다.

비둘기 군무

시청사 검은 첨탑 위 비둘기 떼
나는 그토록 아름다운 군무를 보지 못했다
높이 나는 새의 본성을 잃어버리고
아이가 던져 주는 팝콘에 길들여진 새
떠나지 않고서는 귀소본능을 알 수 없었다
도시의 건축물 틈새 숨은 둥지
고가도로 아래 매캐한 출몰을 모른 체하며
찢긴 파도 소리에도 굴하지 않았다
왕성한 번식이 놀라웠을 뿐,
너희들이 쏟아 낸 희고 검게 짜인 배설물
사람들은 그것을 욕망이라고 말하지 않았다
뚱뚱한 식탐을 부러워했을 뿐,
나는 정교함이 넘치는 부산한 삶의 부두에서
비둘기의 군무(群舞)를 훔쳐본다
너희들이 차지한 하늘이 조금 더 푸르렀다

광화문 변방

노숙하는 여자는 아침마다 화장을 한다
안데르센 동화처럼 소녀는 무가지를 팔고
여자는 두툼한 손으로 토스트를 굽는다
매일 이별하는 이상한 맞벌이 부부
잠투정하는 아이를 데리고 출근한다
모자를 쓰고 아침마다 구걸하는 남자
그는 가끔 테이크아웃 커피를 마신다
이십년 동안이나 도넛을 파는 남자
그는 해장국집 남자와 수다를 떤다
덕수궁 돌담길 몇 그루의 나무들
굳건한 철학자들이 세상을 비웃는다
한쪽 팔을 잃은 남자는 나머지 팔로
인내는 쓰나 열매는 달다고 나무판에 쓴다
나는 날마다 변방의 사무실로 배달된다
일상은 오래된 반죽으로 만든 자장면 같다

슬픔에 대하여1

슬픔이 무엇이냐
거대한 트럭이 멈추어 섰다가
시동을 걸고 다시 출발하려는 것처럼
맥박이 너에게 다가서는 것
숨을 잠시 멈추고 싶은 것
내 마음의 웃음이
환한 웃음의 자취가 그리워지는 것
세상에 거꾸로 선 느낌
세상으로 통하는 문을 닫아 버리는 것
거대한 산에 불을 지른다는 것

슬픔에 대하여2

슬픔은 또 무엇이냐
사람을 미워한 적이 없는 사람이
누군가를 미워하게 되어
아무것도 할 수 없게 되는 것
차가운 겨울 착한 마음이
땅처럼 굳어 딱딱해지는 것
해거름 어둑해진 붉은 저녁이
갑자기 캄캄해지는 것
두 발이 꽁꽁 얼어붙어
한 발짝도 뗄 수 없어
발버둥치는 것

나의 배반

몇 달 동안이나
한 편의 시도 쓰지 못했다
시상의 조각들이
진눈깨비처럼 뒤섞여 지나갔지만
한 줄의 시도 붙잡지 못했다
어떻게 하리, 세월은 짧고
칼날은 더 무디어지고 있음을,
차라리 잘된 일인지도 모른다
시를 쓰지 못하는 동안
스스로 일상에 빠져 바동거리다
독기에 서서히 마비되어
먼 세월 무거운 몸뚱이를 흔들어
깨울 수도 있으니

불빛들은 눈을 뜬다

　겨울이 되면 불빛들은 눈을 뜬다 지나갈수록 더 또렷해
지는 기억처럼 너희들은 스스로를 연단하며 붉은 열매처럼
단단해지는 것이다 성곽 마을 반짝이는 불빛처럼 내 마음
끝자리 스며든 적 없지만 언제나 낯선 불빛들을 보면 이상
하게도 삶의 욕구가 솟구치는 것이다

안양천

마을버스는 안양천을 건너간다
사람들이 건너다니는 다리를 바라보면
강의 지류가 된 너는
어미와는 다른 모습을 보여 주곤 한다
다리 위를 사람들이 건너간다
사람들 머리 위로 어린 새가 후다닥 지난다
너는 어떻게 어미 강의 줄기를 따라가
바다로 흘러들지 못하고
스스로 움직이는 물이 되었는지
겨울 아침엔 안개가 짙었다
그리고 밤새 샛강은 얼어붙을 것이다

지하철 역사

사람들이 물길처럼 드나드는 곳
맹인이 지팡이 두드리며 건너간다
돌돌 물 흐르는 여울목으로
탁탁 돌 두드리는 소리
거기 멈추어 선 어린 기억들
어머니 다듬이 소리가 들린다
캄캄한 세상엔 빛의 소리 반짝거리고
환한 세상이 움막 같다
그곳엔 말이 사라지고 소리가 숨 쉰다
사람들은 어딘가 빠르게 이동하기 위해
역사(驛舍)로 모여든다
지하철은 너무나도 대중적이다

저녁이 되는 슬픔

누구에게나 있다 저녁이 되는 슬픔
같은 슬픔일지라도 어둠이 내리고서야
비로소 뚜렷해지는 삶의 윤곽들
그때 분홍 속살 같은 새 삶이 돋아나
낮의 상처를 살며시 덮어 준다
그대가 왜 불빛들을 배반하고
이곳을 떠나게 되었는지
삶의 명암 속에 또 삶이라는 길이 있어
그 길을 걸어가는 사람에게
빛에 에워싸였던 순간을 기억하게 하고
무거운 발걸음을 멈추게 한다
누구에게나 날마다 주어지는 하루
그대 삶을 낙관하거나 비관하지 않더라도
눈을 뜨기 싫은 아침의 문틈 사이
환한 햇살이 비추게 될 때
그때는 언제나 사실적이 된다
단지 멈추어 선다는 것만으로는
터무니없을지라도

세월의 뿌리

봄처럼 잎을 틔우지도
가을처럼 잎을 떨어뜨리지도 못했어
단지 따스한 연민 같은 줄기만 뻗었지
꽃을 피우고 말 거야
열매를 맺고 말 거야
뿌리만 마르지 않는다면 언제든,
세월의 잔혹함을 견디고 있었던 거지
갈대의 뿌리를 본 적이 있어
흔들릴수록 견고해지는 뿌리의 오기가
너를 은빛으로 출렁이게 했던 거지
살아갈수록 뿌리가 닳는 것
뿌리가 뽑히고 마는 것
그 오욕의 삶마저 버티게 해 준
고마운 당신

헐렁한 길

사람들이 걸어 헐렁해진 길
보도블록 위를 오그라지듯 걸어간다
어둠에 그을린 검댕이 같은 날
저녁마다 억지로 물광 낸 검은 구두가
한파주의보에 잠시 방향을 잃기도 하지만
스스로의 길을 벗어나지 않는다
길은 움직이지 않는 묘비처럼 서 있고
난 두더지처럼 무덤 같은 땅을 파지 않는다
굽이치는 계단을 내려가
말발굽 소리를 듣는다
움직이는 컨테이너에서 노래 부르던 맹인
그냥 지나친 미안함과 마주쳐
노란 점자 블록을 피하기도 한다

사무실 문

사무실 철문을 열고 들어온다
새벽 어두컴컴한 길을 뚫고 문 앞에 서서
지갑 속에 세워져 있는 카드를 대고
검지 지문을 찍으면
문은 삐삐 소리를 내면서 자신을 열어 줄 것
어제 같은 오늘 또 저녁 같은 아침
나는 가슴속 채워진 공기를 내뿜으며
깃털처럼 가벼워질 것
벽에 서 있는 스위치를 앉히거나 눕히고
긴 형광등에 불을 댕길 것
벽에 붙어 있는 플래카드
구석에 서 있는 옷걸이와 철 지난 점퍼들
그 가운데 넥타이 몇 개 서 있을 것
사람들이 그 문을 통해 나간다

화분

사무실 책상 한편
우두커니 서 있는 다육식물
가만히 너를 생각해 보니
한 번도 제대로 바라봐 주지도
안아 주지도 못했던 것
수분 같은 추억을 가득 담은 채
눈부신 형광등 불빛에 기대어
바람 대신 눅눅한 습기를 빨아들이며
버텨 왔을 것
너를 만난 후 지금까지 너는 선인장을 닮아
식물처럼 자라나지도 않을 거라 생각했던 것
너의 옆자리 전화기 수신음이 울릴 때
악! 소리라도 내지
익숙해진 자판 소리에 묻혀 잠이라도 청하지
한쪽 귀퉁이 떨어져 나간 몸에
차라리 면도날이라도 긋지

구두

사무실 책상 밑
전선 가닥 사이 구두 한 켤레
밑창이 닳아 반들반들한 너의 거죽과
발밑에서 분주한 나의 몸짓을 받아내 온
너의 영혼도 닳고 닳았을 것
아무렇게나 구겨서
발을 맞추는 오랜 습성 덕에
뒤축은 구겨지고 접혀져
참 볼품없이 광을 잃어버렸을 것
한동안 질질 끌고 다니다 버려진
먼지 가득한 슬리퍼 옆자리에
너의 묵언은 얼마나 긴 수행인가
이제는 헐렁한 내 발을 맞추어
비워진 속 울림에
귀 기울이나니

환풍기

사무실 천장 위
매달려 있는 환풍기
나쁜 공기만 빨아들이는 재주가 부러워
바라본다, 하지만 너의 프로펠러 힘으로는
날아가지 못할 것
여기를 벗어나지도 못할 것
너의 정체를 궁금해했지만
순환의 이치를 배우고
세상을 돌아가게 하는 힘에 대하여
과소평가하였을 것
천장 속 감추어진 거대한 시스템을
이해하지 못했을 것
너를 통해 수없는 세상이 펼쳐진다는 것
폭포수와 야자나무 그늘 밑
시원한 바람까지도 싣고 온다는 것을

길

길을 걸어 본 사람은 안다
빠르게 걷는 것보다 느리게 걷는 것이
더 힘들다는 것을
삶은 길고양이처럼
어느새 지붕 위로 날아 앉은 것이다
내 발로 쫓아가지 못할 것
길을 움직여 본 사람은 안다
앞으로 걷는 것보다 뒤로 걷는 것이
더 어렵다는 것을
세월은 비둘기처럼
어느새 모이를 쫓아 떠난 것이다
때로는 거꾸로 걸어갈 것

5부

저녁마다 생각의 문을 두드렸다.

문밖의 풍경을 상상하는 시간은 아늑했다.

이별을 피할 수 없는 것처럼 사랑도 피할 수 없었다.

생각의 인내

겨울엔 너의 이름을 몰랐다
나무가 잎을 틔우고 꽃을 피우자
이내 그 모습을 알아본다
잠을 자듯 긴 시간 지나 마지막에 터지는
인내의 열매는 무엇일까
비처럼 흩뿌리는 마음을 참아내고
안개처럼 흩어지고 싶은 생각을
붙잡아 두려고 한다
어두운 밤하늘 별을 뜨게 하는 것
빛나는 생각이 별을 띄운다
별이 머리 위로 움직이는 것
이제는 생각의 힘이다

청량리

바람이 지나가는 곳

바람은 아무 빛깔도 없이 순수함으로

마음의 숨은 벽을 넘는다

부디 황량한 벌판이었을 이곳

가끔 나뭇잎이 반짝거렸을 이곳으로

쿵쿵거리며 기차가 지나간다

저녁노을이 아름다운 곳

하늘은 아무 소리도 없이 무저항으로

철로 끝에 퍼진다

쇠와 나무의 융합으로 사람이 모이고

곳곳에 시장이 생겨났다

그때 솟아난 욕망이

사람들을 유혹해 내고 있다

* 청량리라는 이름은 남서쪽이 트여 있어 늘 시원한 바람이 불었다
  해서 붙여진 청량사(淸凉寺)에서 유래하였다.

시간

우린 한번 지나간 길은 다신 걷지 못하지
그것이 가벼움이든지 또 무거움이든지
그림자를 잡아 두고 시간의 뒤쪽에 선 우린
과거는 오직 추억으로써만,
그것이 상상으로 만들어진 것이라 하더라도
그마저도 간신히 붙들고 있어야 할 뿐
그 시간은 지나가 버린 것
날리는 꽃가루처럼 쉽게 멀어지는 것이다
누구에게나 미래의 시간도
과거와 마찬가지로 현재의 시간은 아닐 것이고
지나가 버릴 것이다
우린 언제나 시간의 뒤쪽에서 쫓아가고 있다
운명과 우연이라는 두 개의 줄 위에 서서
수없이 비틀거리지만 넘어지지 않는다
세상이라는 견고함 속에서
누군가를 사랑하고 무엇인가에 집착하면서
매끄러운 바닥이 보일 때까지
시간의 뒤쪽으로 천천히 움직여 보는 것이다

삶의 언덕에서

시원한 바람 불어오는 곳
바람아 잠시 머물러 줘
사람이기 때문에 긴 외로움
그보다는 쉽게 견딜 수 있었던 그리움
모두 내 발아래 묻어 줘
해 지는 서쪽 하늘 붉은 구름 속으로
나를 내던져 줘
상처도 굳어지면 아프지 않아
꼬집어도 잡아 뜯어도
시퍼런 멍도 붉은 핏발도 없어지듯이
더는 아무것도 아니지
나이를 먹는다는 것
긴 여행도 모두 둘러본 풍광들처럼
더는 설레지 않아
지나온 날들을 버리지 않으면
앞으로 나아갈 수 없음을 알게 된 거야
청춘의 머뭇거림이 다시 시작된 거야

친구

열일곱 살 바다는 푸른 아름다운 곳
항해가 끝나는 날까지 닻을 내리지 말자
나폴리-시드니-리우데자네이루
멋진 항구가 있고
하얀 돛 펼칠 수 있는 출항을 꿈꾸며
어떤 파도도 헤칠 수 있다고 믿었지
보고 싶다 친구여, 잘 있는가?

숲

나무들이 서로 뒤엉켜 잠들어 있다
스스로 남은 거리를 유지한 채
고요 속으로 빠져들었다
나무들이 깨어나는 어스름에
숲은 정령의 소리로 가득해질 거야
숲을 이루어 살아가야 해
빼곡히 자리를 잡고
서로의 체취를 풍겨 내야 해
사람들은 왜 잠들지 못할까
밤이 되어 누워도 눈을 감아도
쉬지 않는 머리
새벽이면 무거운 몸뚱이에
아픈 알이 배기면서도

사람은 누구나 불빛 하나 달고 산다

마음이 어둑해지고 불빛 같은 생각들이 피어난다 안간힘을 다해 불을 댕긴다 사방이 환해질 때까지 기다린다 견디지 않는 사람이 어디 있으랴 사람은 누구나 불빛 하나 달고 산다 등 뒤에 불빛 하나 달고 길을 떠난다 작은 꽃잎들 그 것들로 땅바닥을 덮으면서 마음 한 조각 예리한 각을 보듬어 간다

문밖에서 고요함을 꿈꾸다

　세상은 시끄럽다 고음을 깨닫지 못하는 나의 청력에도 오토바이 소리에 소스라친다 속삭이는 바람 소리를 들을 수 없다 바스락거리는 나뭇잎 소리를 들을 수 없다 문을 닫고 문고리를 잡고 흔들어도 소리는 멈추지 않는다 그렇게 문밖으로 박차고 나가 문밖에서 고요함을 꿈꾸다 적막이 이렇게 아름다울 줄이야

곰팡이꽃

베란다 벽에 피어난 곰팡이 하나
꽃이라고 불러 줘야 할까
삶이라는 긴 시간을 지나다 보면
때로 원하지 않는 부식이 찾아오기도 한다
오래된 시래기같이 늘어진 꽃
그것은 아름다운 삶의 흔적일 수도
꽃으로 피어나길 원했던
작은 소망일 수도
이기적일 필요는 없다
그렇다고 남을 위해 살 수는 없다
축축해진 나를 버릴 수 없다

지난여름

후드득 소나기 내리고
여름이 왔다
쉰과 예순 사이
습한 시간이
머뭇거리다
푸른 꽃을 피웠다
너무 많은 생각의 덩어리가
풀처럼 덧칠해졌고
그곳에 일상이 붙었다
떨어지지 않았다

마음의 시간1

나이가 들수록
마음은 두껍고 단단해진다
어제도 들판처럼 아득해하며
어느 길을 가야할지 막막해하면서
왜 마음은 무거워지는지
깊고 어두울수록
더 소리 내는 여울처럼
작은 말에도 큰 소리 뱉어 낸다
소리가 생각을 이기고
마음은 단단한 쇠붙이가 된다
부딪힐수록 더 큰 소릴 낸다
용광로에 누워 뜨거웠으나
지금은 차가운 고철 덩어리인걸
왜 마음은 늙지 않는지

마음의 시간2

잘못 든 길은 쉽게 알 수 있다
얼마 가지 않아 끊어질 테니까
한적한 오솔길이라면
걸어가는 푸른 시간 위에 서서
잠시 망설일 거야
서러움은 오래전 포장된 길
마음이 덜컹거리며 지나간다
누가 지켜봐 주지 않더라도
그건 시간이라는 물을 건너면 되는 일
출렁거릴 뿐 아무것도 아니지
지금 내가 멈춰 있지 않다는 것이
얼마나 위로가 되는지
노루의 뒷모습을 보는 것처럼

마음의 시간3

뜨거운 시간이 흐르다 굳는다
흐르지 않는 것은 오직 내 마음
조금씩 붉어지는 나뭇잎은
봄날 흩날리던 그 꽃이 맞는지
소풍 나온 어린아이와
산책 나온 갈색 푸들은 친구가 된다
그것 봐라 시간은 분명 흐르잖아
하얀 염전에 한 됫박씩 소금이 쌓인다
모두들 떠나고 없어진 공간
시간이 무거워 짐이 될까 봐
내 무게를 보태지 않고
한번 살아 봤는데 세상은
무슨 재미를 위해 다 제각각일까
나무도 바람도 햇빛도
시간의 궤도를 비스듬히 벗어나선
어떻게든 살 수 없을까

순천만

- 무진교에서

이곳에서 갈대밭으로 길이 시작된다
어제 붉은 해는 새벽 물안개로 피어오르고
숨어있던 하얀 갈대꽃들이
천천히 갯벌 위로 부풀어 오른다
검은 갯벌은 바다가 맞닿은 오랜 시간 속으로
세월의 잠에 빠져들고
마지막 해가 땅 위에 잠시 머무는 순간
붉은 하늘 길을 따라 철새들이 이동한다
바로 그때 갈대의 마음이 설렌다
오직 갈대는 사람과 함께
그 시간을 지키지 못하고 하나가 되어
욕망에 흔들리고 있는 것이다

고독에 대하여

카페에서 음악을 들으며
샌드위치로 점심을 먹는다
사람은 고독한 존재지만
혼자가 아니라고 생각한다
퇴근하는 길 마주치는 별 아래
헐벗은 나무의 향기를 본다
아직 삶의 온기가 남아있어
스스로 꿈을 꾼다
사람을 바라보기보다
그 사이에 놓인 푸른 공기를
느껴 봐야지
쓸쓸함도 있어야 하고
그리움도 마찬가지
그래야 무언가에 닿을 수 있다

철새

한강 하구에 내려앉은
흰 눈꽃 같은 겨울 철새
아직 떠나지 않아
너희들에겐
우리가 봄이라고 부르는
이 희망의 계절이
아직도 겨울인 거지
교각이 보이는 한강 다리
정말 봄이 오면
잠시도 머뭇거리지 않고
떠나겠지만

벚꽃

내 마음은 벚꽃
매일 밤 환하게 핀다
줄기에 거칠게 파인 상처
그대로 두고
불빛 같은 등이 켜진다
햇살을 먼저 반기는
망울부터 피지만
밤늦은 안부를 묻는 것이
더 반갑다
발아래 남은 분홍빛 시간을 두고
푸른 잎이 뒤덮을 때
시원한 그늘이
벌써 기다려진다

회기역

사람들은 떠나기 위해 기다린다
새들은 철 구조물에 둥지를 틀고
지붕 아래 모여 산다
기차가 도착하고 문이 열리면
큰 물결이 밀려온다
여기는 되돌아 나가는 곳
거대한 구멍에 빠져 허우적거린다
기차가 떠나면 물길도 사그라지고
남은 사람들은 푸르게 일렁인다
빛나는 물결이 되었다가
거품이 되었다가 무지개가 된다

배봉산 길

나뭇잎 붉게 물드는 이유
그것도 모르면서 산길을 걷는다
지난여름 태어난 새끼 고양이
힐끗 쳐다보다 기슭을 거슬러 간다
나뭇가지마다 달린 붉은 열매
재잘거리는 새의 먹이가 되겠지
나무 밑으로 떨어진 도토리
작은 짐승의 먹이가 되는 동안
누군가는 겨울잠을 자겠지
새가 나뭇가지에 오르자
나뭇잎이 후드득 소릴 낸다
꽃이 언제 피었는지 아득한 길
물든 가을이 뚝뚝 떨어진다
산 정상 보루에 언제 노을이 지는지
그것이 얼마나 아름다운지
그것도 모르면서 세상을 산다

* 배봉산은 서울특별시 동대문구 전농동과 휘경동에 걸쳐 있는 나지
  막한 산이다.

제주에서

바람은 햇빛을 머금고
성긴 비를 뿌리기도 한다
억새는 단 하나의 규범인 듯
벼랑 끝에서 출렁거린다
파도가 콘크리트를 넘어 쏟아지고
유연한 자유의 힘에 놀란다
오늘은 붉은 노을을 상상하며
깊은 어둠에 빠져든다
분화구 속으로 들어가
바람 부는 바닷속에서 흔들린다
용암이 흐르다 굳은 땅에서
푸른 바닷속을 바라본다
나의 규칙을 자유와 맞바꾸면서

석촌호수

햇빛이 물 위로 내려앉는다
바람과 함께 반짝이며 천천히 움직인다
물 위에 떠있는 조각들은 눈부시지 않다
공중의 새는 햇살 속으로 들어가고
물 위의 새는 햇살을 젖힌다
벚꽃이 피기 전
버드나무 가지는 물 위로 늘어지고
물은 먼저 하얀 꽃을 피워 낸다
물오리가 푸드덕 날아 헤엄쳐 가고
비스듬히 햇살의 모서리가 부서진다
나무가 물들인 녹색의 그늘 아래
구름 너머 쌓인 빛의 결정들이
반짝거리며 떨어지고
오리 떼가 조각 하나 물고 흘러간다

너에게

넌 언제 굽은 길을 찾아갈 거니
낮은 턱으로 구분되는 길을 벗어나
풀밭 같은 길을 걷기도 했지
도시의 길은 곧아서
그 길이 아득하기만 해
아침부터 저녁까지 사람들이 가득해
포장된 길 위에선 머뭇거릴 순 없거든
곧은 길 위에서
넌 언제 꿈을 꿀 거니
어릴 적 웃음은 또 언제
그리운 친구를 만나면 달려갈 거야
길을 벗어나 떠날 거야

붉은 산

다시 다가가고 싶어
생각하다 멈춰서는 저녁
푸른 산이 물들었어
이건 그리움도 아냐
그냥 마음이 조금 흔들린 거지
오랜 기억 속으로 들어가
어둠 속에서 더 붉어지는
그 순간에

네 시의 햇살

오후 네 시가 되면
햇살은 비스듬히 퍼져간다
오르기만 하던
태양의 걸음이 느려지고
약해진 햇살 옆으로 비추는
그 빛이 가장 따스하다
거친 바람도 부드러워져
그 시간에 꿈을 꾼다
산책을 하기도 해
하루라는 짧은 삶이기에
아쉬움도 있겠지
일몰의 잠에 들어가기 전
천천히 빠져들어야지

어두운 빛

난 환한 길을 걸어갔어
햇빛이 비치는 길
마음의 창으로 이따금씩
빗줄기가 들이치기도 했지만
바람이 불어
풀잎 하나
잎사귀 하나 흔들었지
어둠 속을 걸으면
어두운 빛 하나 눈 맞추며
반갑게 인사하고
안부도 물었을 텐데

부록 : 목발의 노래

서대전육교 너머 유등교까지 머리카락 젖어 떠돌던 아이들,
가죽공장 굴뚝 위로 검은 연기 피어오르면
내 영혼 흔들어 방죽길 걷게 하였던 너희들은 사랑이었다.
봄이면 버들개지로 날리다 겨울이면 하얀 눈이 되어
내 안에 쌓이는 너희들은 그리움이었다.

1. 서시

해 진 하늘 밑창엔
늘 먹장구름 가득했지
벌거벗은 아이들의 울음과
병신들 순진한 웃음이
짙게 깔리던 오후
지팡이를 똑딱거리며 육교 오르던
할미의 거센 숨결처럼
그렇게 비가 내릴 것 같아
철길 블록 담 따라 붙은
누런 빛 빨래들처럼 어린 영혼들
구겨진 채 팔락거리다
떠들썩하게 비가 내리면
비를 이기지 못하는 골목과 함께
너희들 진창으로 되었고
말더듬이 너희들은
사랑한다는 말 끝내 하지 못했지

2. 버들개지

너희들은 늘 지척거렸지
육교 건너편 좁은 골목길 따라

버들개지처럼 너희 눈먼 영혼들
저뭇할 때까지 늘 지척거렸지
하늘로 오르던 너희 영혼들
한껏 부풀어 서로 얽히고 풀어지고
그러다가 저무는 하늘 끝에 닿아
어디론가 숨어 버리고
그렇게 어둠이 내리곤 했지

3. 소나기

낡은 함석지붕 위로
후드득 소나기 내렸지
목발을 두드리던 너희들
육교 밑으로 숨고
구석 피마자 밭은 흠뻑 젖었지
두꺼운 이파리들 위로
빗방울 탁탁 튀길 때
난 피마자 밭 둘레에 피던
노란 해바라기 몇 줄을 잊지 못하지
소나기 그치면
엉덩이 내민 채 벌벌 떨던 너희들
생사탕 집 앞으로 모여들고
피마자와 진흙을 짓이겨 던지다가

움푹 파인 웅덩이마다
너희들 작은 발목이 잠기고
그렇게 땅거미 지곤 했지

4. 장마

비가 내리던 여름날이면
우리는 서로가 벙어리인 채
장마에 씻기어 가는
나약한 여름을 바라보았지
마루 끝에 앉은 들뜬 영혼이
허연 곰팡내 너머
눈부시게 퍼지는 햇살을 그리워할 때
짧은 수화처럼 뚝뚝 부러지는
장대비를 바라보며
너희들은 행복했지

5. 송장메뚜기

너희들은 늘 뛰어다녔지
푸른 들판에 누운 너희 가슴이
송장메뚜기 떼처럼 탁탁 뛰어오르고

빨갛게 달아오른 꼬리 짓으로
함께 춤을 추었지
너희들 붉은 가슴이 하늘로 올라
둥둥 떠다니다
그렇게 노을이 지곤 했지

6. 방죽길

하늘은 푸르고
너희들 작은 가슴도 푸르렀지
스펀지같이 부은 얼굴들
부스스 일어나는 눈부신 아침이면
엊저녁 뜨건 물에 밥 말아 먹고
눌어붙은 뱃가죽 긁던 너희들
해죽거리며 방죽길로 뛰어가
은빛 갈대밭을 바라보곤 했지
동네 어귀 돌아오는 길
홍시만 남은 나무 위
짙푸른 하늘만큼
너희들 가슴도 푸르렀지

7. 겨울의 시작

너희들 희멀건 눈동자 속으로
성긴 눈발이 비껴가고
그렇게 겨울이 시작되곤 했지
오늘은 누렇게 뜬 너희들 얼굴로
함박눈 내리고
쥐불놀이에 지친 너희들
국군병원이 헐리고 난 빈터에 웅크린 채
딱딱한 기름종이 태우고는
환한 어둠 속에서
서로 얼굴에 묻은 그을음을 닦아 주었지
너희들 겨드랑이 사이에서 울던 목발이
가지런히 놓이던 날

8. 한겨울

너희들은 늘 맨발이었지
아직 걷지 못하는 어린 것처럼
얼어붙은 육교 밑을 지척거리며
누런 이빨 사이
맑은 침을 흘리곤 했지
가랑이 끝으로 추운 바람이 지나고

발목이 드러나는
낡은 편물바지를 입은 너희들
손가락 끝마디 입속에 넣은 채
뿌연 입김 불어 댈 때
빡빡머리 뒤쪽으로 허연 부스럼 긁으며
너희들은 말갛게 웃었지

9. 눈 내리던 날

너희들 말더듬처럼 해전 눈이 내렸지
눈이 내리면 한눈팔던 너희들
소리 지르며 몰려다니고
꽝꽝 얼어붙은 미나리꽝으로
눈뭉치를 던지곤 했지
어둑해질 무렵이면 눈도 그치고
출출해진 너희들
얼음을 지치듯 길 위를 미끄러져 오고
젖어 김나는 검은 머리채
마구 흔들어 댔지
눈이 내렸지 너희들 재잘거림처럼
해전 눈이 내리던 날에

10. 그리움

그리워질 거야
주룩주룩 소나기 내려
투명한 햇살과 이파리들
탕탕 튀기던 흙탕물
오므린 손바닥 같은 작은 웅덩이
너희들 말더듬처럼
하얗게 피던 아카시아 꽃밭
하늘 무너질 듯 비 내리고
진흙탕 되던 피마자 밭
솜틀집 풀풀 날리는 먼지
누런 마스크 낀 채
이불솜 켜던 아저씨
뭉클하게 다가오던 황혼이
난 그리워질 거야

단단한 길

ⓒ 박현, 2024

초판 1쇄 발행 2024년 6월 10일

지은이   박현
펴낸이   이기봉
편집   좋은땅 편집팀
펴낸곳   도서출판 좋은땅
주소   서울특별시 마포구 양화로12길 26 지월드빌딩 (서교동 395-7)
전화   02)374-8616~7
팩스   02)374-8614
이메일   gworldbook@naver.com
홈페이지 www.g-world.co.kr

ISBN   979-11-388-3194-9 (03810)